MARGRET & H. A. REY'S

Curious George
at the Baseball Game

Jorge el curioso
en el partido de béisbol

Written by Laura Driscoll   Escrito por Laura Driscoll

Illustrated in the style of H. A. Rey by Anna Grossnickle Hines

Ilustrado en el estilo de H. A. Rey por Anna Grossnickle Hines

Translated by Carlos E. Calvo   Traducido por Carlos E. Calvo

Houghton Mifflin Harcourt

Boston   New York   2011

www.hmhbooks.com

The text of this book is set in Adobe Garamond.
The illustrations are watercolor.

Library of Congress Cataloging-in-Publication Data is on file.
ISBN 978-0-547-51500-7 pa
ISBN 978-0-547-54746-6 pob

Manufactured in Singapore
TWP 10 9 8 7 6 5 4 3 2 1
4500274515

This is George.

He was a good little monkey and always very curious.

Today George and the man with the yellow hat were going to the ballpark to watch a baseball game. George couldn't wait to see what it would be like.

Éste es Jorge.

Es un monito bueno y siente mucha curiosidad por todo.

Hoy, Jorge y el señor del sombrero amarillo fueron al estadio a ver un partido de béisbol. Jorge estaba muy ansioso y se preguntaba cómo sería.

At the baseball stadium, the man with the yellow hat introduced George to his friend, the head coach of the Mudville Miners. He had arranged for George to watch the game from the dugout. What a treat! George got a Miners cap to wear. Then he sat on the bench with the players. He felt just like part of the team!

Ya en el estadio, el señor del sombrero amarillo le presentó a Jorge a su amigo, el entrenador de los Mineros de Mudville. Él tenía todo preparado para que Jorge viera el partido desde el cobertizo de espera. ¡Qué buen plan! Jorge se puso una gorra de los Mineros. Luego se sentó en el banco con los jugadores. ¡Se sentía parte del equipo!

The players cheered a Miners home run.
George cheered, too.

Los jugadores celebraron un jonrón de los Mineros.
Jorge también celebró.

The players groaned at a Miners strikeout.
George groaned, too.

Los jugadores se quejaron cuando a los Mineros los poncharon.
Jorge también se quejó.

Then George noticed one of the Miners coaches making funny motions with his hands. He touched his cap. He pinched his nose. He dusted off his shoulder.

Hmm, thought George. Maybe this was another way to cheer on the team.

Luego, Jorge notó que uno de los entrenadores de los Mineros hacía gestos raros con las manos. Se tocaba la gorra. Se pellizcaba la nariz. Se frotaba el hombro.

Mmm... pensó Jorge. Quizás ésa era otra manera de celebrar con el equipo.

So George made some hand motions, too. He tugged at his ear.

Entonces Jorge también hizo algunos gestos con las manos. Se jaló la oreja.

He rubbed his tummy.

Se frotó la barriga.

He scratched his chin.

Se rascó la barbilla.

7

Just then, a Miners player got tagged out at second base. The player pointed at George. "That monkey!" he said. "He distracted me with his funny signs."

En ese momento, a uno de los Mineros lo agarraron fuera de la segunda base. El jugador señaló a Jorge y dijo:

—¡Ese mono me distrajo haciendo señas raras!

Oops! The coach had been giving directions to the base runner. George's hand signals had taken his mind off the play. Poor George! He had only been trying to be part of the team. Instead the Miners had lost a chance to score.

¡Uy! El entrenador le había dado instrucciones al corredor de bases. Las señas que hizo Jorge habían desconcentrado al jugador. ¡Pobre Jorge! Sólo había intentado ser parte del equipo. En cambio, los Mineros perdieron la oportunidad de anotar puntos.

George watched the rest of the game from a stadium seat. Or at least he *tried* to watch the game. There was so much going on around him.

There was food for sale.

There were shouting fans.

There was a woman holding a big camera . . .

Jorge vio el resto del partido desde una butaca del estadio. Mejor dicho, trató de ver el partido. Pasaban muchas cosas a su alrededor.

Vendían comida.

Había aficionados que gritaban.

Había una mujer con una cámara gigante...

MINERS

MINERS 0 0 1
ROCKETS 0 1

The woman pointed her camera at some fans. And look! Those fans waved out from the huge screen on the ballpark scoreboard.

La mujer apuntaba la cámara a algunos aficionados. ¡Miren! Esos aficionados aparecían saludando en la pantalla gigante del estadio.

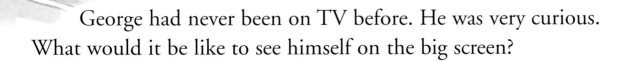

George had never been on TV before. He was very curious.
What would it be like to see himself on the big screen?

Jorge nunca había aparecido en televisión. Sintió mucha curiosidad. ¿Cómo sería aparecer en una pantalla gigante?

He soon learned the answer: it was exciting!

Enseguida supo la respuesta: ¡Era emocionante!

George liked seeing himself on the screen.

A Jorge le gustaba verse en la pantalla.

15

"Hey, you!" shouted the camerawoman. "Cut that out!"

—¡Ey! ¿Qué haces? —gritó la camarógrafa—. ¡Sal de ahí!

Uh-oh! George had gotten a little carried away. He ran off, with the angry camerawoman hot on his heels.

¡Oh, oh! Jorge se había entusiasmado demasiado. Salió corriendo, y detrás de él la camarógrafa enojada que lo perseguía a toda velocidad.

In the busy stadium breezeway, George hid behind a popcorn cart. He waited for the camerawoman to pass by.

Just then, George heard a noise behind him. It was a quiet little noise—like a sigh, or a sniff. What could have made that noise? George wondered.

Los pasillos del estadio estaban llenos de gente, y Jorge se escondió detrás de un puesto de palomitas. Esperó a que la camarógrafa pasara.

En ese momento, Jorge oyó un ruido detrás de él. Era un ruido suave, como un suspiro o un llanto. Jorge se preguntó qué podría ser.

George turned. There, behind the cart, was a little boy, crying. George wanted to help. He crept out of his hiding place and over to the boy.

Jorge se dio vuelta. Justo allí, detrás del puesto, había un niñito llorando. Jorge lo quiso ayudar. Salió de su escondite y fue a ver al niño.

"Ah-ha! There you are!" shouted the camerawoman, spotting George. Then the camerawoman noticed the teary-eyed boy. She seemed to forget that she was mad at George.

"I'm lost," the boy said. "I can't find my dad."

¡Ah! ¡Ahí estás! —gritó la camarógrafa al ver a Jorge. Luego vio al niño con los ojos llorosos. Pareció olvidarse de que estaba enojada con Jorge.

—Me perdí —dijo el niño—. No puedo encontrar a mi papá.

If only there were a way to let the boy's dad know where he was.
But there *was* a way! The camerawoman aimed her lens at the
little boy, and . . .

¡Si hubiera alguna manera de avisarle al papá dónde estaba su
hijo!

¡Claro que había una manera! La camarógrafa apuntó su lente al
niño, y...

there he was on the big screen for everyone to see—including his dad.

aparecíó en la pantalla gigante, y todos los vieron. ¡Hasta su papá!

Within minutes, the boy and his father were together again and the man with the yellow hat had come to find George.

"I can't thank you enough," the boy's father said to the camerawoman.

The camerawoman shrugged. "Don't thank me," she said. She patted George on the back. "It was this little fellow who found your son."

En pocos minutos, el niño se reencontró con su papá y Jorge con el señor del sombrero amarillo.

—No tengo palabras para agradecerle —le dijo el papá a la camarógrafa.

La camarógrafa se encogió de hombros y dijo:

—No me agradezca a mí —y palmeó a Jorge en la espalda—. Fue este amiguito quien encontró a su hijo.

23

George was the star of the day.

Y Jorge se convirtió en la estrella del día.